U0136681

愛哭ㄌㄚˋ愛笑

鴨嫲打孔翹

BETWEEN LAUGHTER AND TEARS
BABY DUCK DANCE

Photographs do more than just show footprints from the past. They also help to portray the future we imagine. In capturing an image, we freeze time between people and places to make a narrative, so that an instant becomes an eternity. And the further back in time an image goes, the more traces it is likely to stir up as we go with it through the years. Any time we are called upon to regard the distance between past and present, we tend to cut loose and lose track of where we are.

The Hakka have always been a people rich in imagery, whether in our blue shirts, our flowery cloth, our round dwellings, our Tung Blossom, our word venerating towers, and our harvest show - all of which represent the color, vitality and variety of the Hakka lifestyle. Even the lowliest mountain folksong carries a whole new world in every passage. For this reason, these photographs of the Hakka should represent as a rich vitality and a mental concept rich in ideas and expressions.

Moreover, for the past century or so the Hakka have given the public an impression of monotony and stiffness, putting a face on the Hakka that is distorted and it is difficult to change. We all know that images have great powers; they penetrate deep into hearts. So how can we use intriguing snapshots to give back to the Hakka the face that originally belonged to them. If we can help them restore their respects so that people no longer look down on them, it will give them an opportunity and the right track to establishing a new image.

'Taiwan Hakka - World Images, series number 3' is offered in this vein, as an attempt to use the Hakka viewpoint in gathering and assembling some of the finest images left behind by an older generation of photographers. Now, 50 years after these pictures were taken, we can so across the gulf of time that stands between us and them and begin a new dialogue with the Taiwan of today.

There are two key themes in this exhibition: "Between Laughter and Tears: Baby Duck Dance" and "The Good Son Does not Need His Father's Land, and the Good Daughter Does not Need Her Father's Dowry". Whether in terms of family life, individual images, the workplace or games played by children, they all represent the Hakka way of life as it was at one time. These images can help all the people on this small land called Taiwan to take a new look at the tribe called Hakka and to really experience the fine, delicated culture and spirit that they embody.

Fortunately this exhibition comes just before the arrival of the Year of the Ox. It is a rich and significant display, and we hope that it will 'gore' its way into your consciousness and help to restore the rightful image that the Hakka people should project.

Taiwan Hakka World Images

By Huang Yu-chen,
Minister of Council for Hakka Affairs,
The Executive Yuan

台灣客家，世紀印象

影像不僅記錄著過去的足跡，也刻劃著未來的想像。藉由影像的捕捉，時間被凝塑在人物與景致的敘事當中，因而使得所有的一瞬都成永恆。越是泛黃古拙，觀賞的心境便越是透著歲月的痕跡，任由想像騰飛古今，著實令人流連忘返。

客家從來就是一個視覺豐富的族群，藍衫、花布、圓樓、油桐花、惜字亭、收冬戲，無不表現出客家特有的顏色、形制與身段，即使是不具象的山歌，每一闋詞段裡也都是一幅幅生動的浮世繪。因此，客家的印象應該是一種蘊涵生機、意趣盎然的心靈觀想，由此映照出族群的旺盛生命力與文化表現力。

然而，百年來客家給人的印象卻是刻板僵化的，連帶使得客家容顏扭曲破碎，不復原貌。我們深知影像的力量無遠弗屆，深入人心，如能藉由雋永真摯的圖像照片，重新拼湊原屬於客家敦厚質樸的容顏，導正人們的視聽，對於客家不再存有偏見，當不失為一條重塑客家新印象的正途與法門。

「台灣客家世紀印象展-系列3」就是在這樣的省思下，嘗試以客家的觀點，蒐羅前輩攝影大師的精采之作，從而在相隔半個世紀後的今天，跨越時代的鴻溝，重新展開新一回合與現代台灣的對話。

這次的印象展訂有兩大主題：「愛噭愛笑，鴨嫲打孔翹」及「好子毋須爺田地，好女毋須爺嫁衣」，不管是家族生活、個人肖像、勞動場景或者細人仔的嬉戲場面，都代表著一個特定時空下的客家風情。透過影像畫面，我們要讓台灣這塊土地上的所有族群，重新認識客家，並親切感受客家人那份細膩又醇美的文化心靈與人生情懷。

欣見這本攝影集趕在牛年前夕問世，輯錄豐富且具時代意義，衷心期盼此書能夠「牛」轉乾坤，還給客家一個本來面目，是為序。

行政院客家委員會
主任委員 黃玉振 謹誌

4

愛嚷ㄎㄡˇ愛笑

鴨嫲打孔翹

Between Laughter and Tears
Baby Duck Dance

The steps of the pioneers will never be wiped away, and the stories of their forbears will never be lost. The relentless efforts of the Hakka immigrants, no matter where they have settled, showed how they worked together and poured out their blood and sweat for their people and their principles. They did everything for the people who would come after them and for later generations as well.

Everyone who enters the house of the Hakka and sees these old photographs and old scenes and the spirit behind them, comes away with a different impression of what happened and a different set of values of their old days. Thus whether they were giving thanks to God or respecting the land, working in the sun or reading in the rain, toiling away or singing, it was all in a spirit that we can call admire - a spirit that was an integral part of their lives.

'Impressions of Hakka' presents forceful images and dialogues that bring us closer to the culture of the Hakka and show us how they thought. Through these 'special images' we can gain an understanding of these 'special Hakka' and their true spirit.

This exhibition centers on two themes: "Between Laughter and Tears: Baby Duck Dances", and "The Good Son Does Not Need His Father's Land, and the Good Daughter Does Not Need Her Father's Dowry". Everything from family life to industrial scenes, from the work place to scenes of merriment, represents a significant part of the Hakka lifestyle, and they are all a part of an unforgettable memory!

Now, let us go together into the House of the Hakka, and let us walk through the hallways they once trod, to see what the Hakka culture really holds for us.

先人的足跡不會被抹滅，前人的故事也不會消退，不斷遷徙移居的客家人，無論到哪裡，他們胼手胝足開墾家園，流血流汗的義民精神或硬頸哲學，總不斷為後代所傳頌，也值得繼續傳承下去。

走進客家庄，看見老照片，每一個場景，每一個眼神，都有不同的感動，也有不同的原鄉價值。因此無論是敬天惜地、晴耕雨讀、打粄唱歌，都傳承著令人尊敬的精神，這些人生態度也都內化於生活中。

「客家世紀印象展」希望透過影像的力量，與民眾對話，進一步連接客家文化的精髓，反芻先人的智慧，觀者得以從這些「特別影像」中欣賞到「非常客家」的精神。

本次展覽共分為二大主題：「愛噭愛笑，鴨嫲打孔翹」、「好子毋須爺田地，好女毋須爺嫁衣」，不管是家族生活、個人肖像、勞動場景或者細人仔的嬉戲場面，都代表一個特定時空下的客家風景。而這些風景，總讓人流連忘返！

現在，讓我們一起進入客家庄聽故事，讓我們透過影像穿梭時光走廊，挖掘客家文化的寶藏。

Between Laughter and Tears:
Baby Duck Dance

We all go through childhood, those formative years that determine what the rest of our lives will be like. When someone stands beside us with a camera to record the memories of our youth and our times, we can taste and see the actions and feelings left behind by Hakka children from another age.

愛噭愛笑
鴨嫲打孔翹

(海陸客家話諺語：比喻小孩天真無邪，一會兒哭一會兒笑，走起路來搖搖晃晃，就像鴨子走路般。)

孩提時代是每個人必經的人生階段，童年時期的生
活經驗也影響一個人的一生至鉅，當拿著照相機的
攝影者藉由拍攝兒童留下屬於童真時代的影像記
憶，我們也透過相片中孩童置身的場景與情境，品
味、觀察到不同時空裡客家族群的脈動軌跡。

客諺「惜花連盆，惜子連孫」，傳神地描繪
出往昔農業時代的客家人，以自身家族為核
心，愛屋及烏擴及宗親和鄰里的「夥房」精
神！在這樣互助合作的社群結構與生活氛圍
下成長的客家孩童，幾乎都有細數不盡的溫
暖童年回憶，涓涓地流過心底。

敬天惜地原鄉人
NATIVES WHO REVERED GOD AND THE LAND

生日與孫合照　新竹北埔　**1918**　葉裁提供
A grandma's birthday　Beipu, Hsinchu　1918　Photo courtesy of Ye Cai
照片裡的阿婆鄧登妹，她是北埔姜家兩大系統之一「新姜」系統的創始關鍵人，拍照當天是她的五十大壽，
阿婆身穿「大襟衫」跟兩個穿著「交襟衫」的孫子合影，這兩款服飾是傳統客家服飾裡大人跟小孩的基本款。

新姜家族大合影　新竹北埔　1917　葉裁提供
A New-jiang family portrait Beipu, Hsinchu 1917 Photo courtesy of Ye Cai
日治時代，北埔流傳著「薑是老的辣，但是北埔新姜比老姜辣」。所謂老姜是指姜秀鑾家族，新姜是指姜滿堂家族。
前排左一穿深色背心的孩童，就是後來享有盛名的客籍攝影家—鄧南光，正因為家族財力雄厚，
鄧南光小學畢業就負笈日本，大學時期開始學習攝影。

海水浴場玩耍　苗栗通霄　1940年代　陳正雄提供
That day at the beach Tongsiao, Miaoli 1940s Photo courtesy of Chen Zhengxiong
立基於永靖的「餘三館」陳家，是清康熙末年來自廣東省潮州府饒平縣的客家人，因開墾有成而躋身望族，但身處福佬人佔多數的環境，
語言已被同化，故稱為「福佬客」。這張照片由陳家後人提供，記錄了家族每年夏天到通霄海水浴場遊玩的回憶。

一家大小來掛紙　新竹北埔　**1933**　葉裁提供
Young and old come to sweep ancestral tombs Beipu, Hsinchu 1933 Photo courtesy of Ye Cai
正月半過後客家人就開始「掛紙」，也就是掃墓，孩童跟著大人一起去掃墓，藉以認識祖先、了解家族歷史，
慎終追遠是一種身教與言教的結合。這張照片的墓主是客籍抗日英雄姜紹祖的阿婆。

母與弟妹　台中石岡九房村　1950　黃士欣提供
Mother and Children Jiufang Village, Shihgang, Taichung 1950 Photo courtesy of Huang Shixin
黃家是石岡鄉的書香世家，因有九房子孫住在同一個庄頭，所以該地舊名客語稱為「九房屋」，現改名九房村。照片中笑開懷的女士，正是提供者黃士欣的母親。

關山鐵路宿舍合影　台東關山　1971　范淮榮攝
Guanshan Railway Dormitory Guanshan, Taitung 1971 Taken by Fan Huairong
攝影者范淮榮任職鐵路局時，向職工福利委員會辦理貸款，分期付款買了一台BS石橋50cc機車，兒女們高興的與新機車合影留念。

孩子們　彰化員林百果山　**1971**　黃木井攝
Kids Baiguo Mountain, Yuanlin, Changhua 1971 Taken by Huang Mujing
彰化百果山曾經是學童校外旅行的重要景點，因此園內設施不乏水泥塑製的斑馬、大象、長頸鹿等動物，
來這裡玩除了可以跟水泥動物合影留念，還能買百果山名產－蜜餞回家甜甜嘴。

貴族童年　新竹北埔　1904　葉裁提供
Privileged childhood Beipu, Hsinchu 1904 Photo courtesy of Ye Cai
照片右一的孩童是北埔抗日英雄姜紹祖的遺腹子姜振驤，也是北埔姜家「舊姜」開基祖姜秀鑾的玄孫，
成年後的姜振驤對新竹的政經發展貢獻良多，亦曾出任中華日報社董事長。這張照片的底片是一張玻璃板。

往昔，客家人繪製先人的肖像以表達追思、敬奉的心意。開始為細人仔拍攝肖像而珍藏，應是在日治時期攝影技術與觀念逐漸普及的影響，當然也和家族的經濟條件有著密切關係，拜當時社會日益秩序化及產業經濟繁榮之賜，我們才得以穿越時光，從這一幀幀細人仔肖像閱讀出當年的社會光景。

此光只照秀才郎

PHOTOS OF CHILDREN ONLY

小孩　台中石岡九房村　1928　黃士欣提供
Child Jiufang Village, Shihgang, Taichung 1928 Photo courtesy of Huang Shixin
在客家習俗中，孩童周歲時，外婆會送一套包含帽衫褲鞋的禮物，稱為「做頭尾」，早年外婆們最常送的童帽，就是照片中這款狀元帽。
照片中的孩童應是黃士欣的堂哥黃士典。

姊妹情深　台中　約1930年代　張正魁提供
Sisterly Love Taichung 1930s Photo courtesy of Zhang Zhengkui
照片提供者張正魁，是拓墾大台中的先行者 ── 張達京的後人。張達京最為人津津樂道的事有二，一是娶平埔族土官的女兒當了「番駙馬」，二是帶頭興築葫蘆墩圳造就豐原地區的農業發展。照片中的小女孩是張正魁姑婆的女兒，髮型與服裝已見日治時期的西化風格。

童年紀念　台東　1936　邱明彦提供
Memories of Childhood Taitung 1936 Photo courtesy of Qiu Mingyan
邱明彦（岡田乙彥）於六歲時與堂弟邱阿火（右）合影，從其帽子、鞋子及服飾可窺知其當時優渥的生活環境。

兄弟友情誼　花蓮吉安　1952　范振城提供
Brothers and friends Jian, Hualien Photo courtesy of Fan Zhencheng
1952年是台灣逐漸從日治過渡到國民政府的年代，照片中的學生由左至右，分別就讀吉安國小、花蓮農工、花蓮中學，
制服樣式還留有不少日治時期的西化風格。

邱明彥學生照　台東　1939　邱明彥提供
School photo of Qiu Mingyan Taitung 1939 Photo courtesy of Qiu Mingyan
邱明彥（岡田乙彥）榮獲台東寶公學校模範生獎章及國語（日語）雙料獎章，母親很開心，帶到相館拍下紀念的一照。

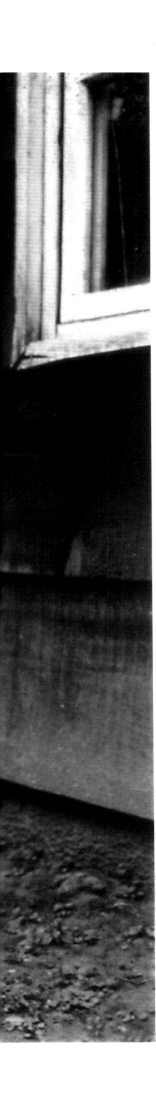

雙胞胎姊妹　台中新社大南村　**1954**　盧雅玲提供
Twin sisters Danan Village, Sinshe, Taichung 1954 Photo courtesy of Lu Yaling
這對雙生姐妹花是盧雅玲姊姊的女兒張世珍與張兌惠，幼年到阿姨家作客時所留影，
昔日的建築早已翻修不復舊貌。

芭蕾舞　彰化員林教會　1962　黃木井提供
Ballet Lesson Yuanlin Church, Changhua 1962 Photo courtesy of Huang Mujing
彰化縣的埔心、員林、永靖、田尾等地，是台灣西部平原在清中葉發生族群械鬥後，客籍人士聚居的大本營。
當時遷居至此的客家人語言已被福佬人同化，「福佬客」遂成為他們共同的名字。照片中的小女孩名叫張明珠，時年六歲，
她在員林教會表演芭蕾舞慶祝聖誕節。

照相　台中石岡九房村　1952　黃士欣提供
Happy Photographer Jiufang Village, Shihgang, Taichung 1952 Photo courtesy of Huang Shixin
能夠親手拍下心目中理想的畫面該有多好呢！圖為黃士欣14歲時手執相機拍照的開心模樣。

客家人說「晴耕雨讀」，其實也就是「當天氣
不適合上山或下田耕作時，才利用那多出來
的時間讀書」的意思，是非常難能可貴且令
人珍惜的機會。早年是借用寺廟作學堂，直
到日治時代國民教育普及後，才開始連細妹
也有上學的機會！但能否繼續升學，則視家
族經濟條件與家中長輩的觀念是否支持了。

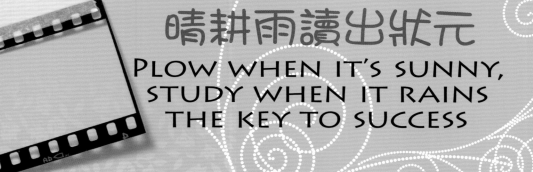

晴耕雨讀出狀元
PLOW WHEN IT'S SUNNY, STUDY WHEN IT RAINS THE KEY TO SUCCESS

1898年

學生與舊場所紀念合影　新竹北埔　1901　葉裁提供
Students in their old haunt Beipu, Hsinchu 1901 Photo courtesy of Ye Cai
日治時期，日本政府為了推動日語教育，曾把北埔慈天宮的部分廟地做為「新竹國語傳習所北埔分教場」使用，
不久又改做「北埔公學校」的教室。後來，由北埔姜家公號「姜義豐」的代表人姜振乾，捐贈北埔國小現址的校地，
學生才遷離慈天宮，留下這張歷史影像做見證。

邱添貴與原住民學生合影　台東　1927　邱明彥提供
Qiu Tiangui with aboriginal students Taitung 1927 Photo courtesy of Qiu Mingyan
邱添貴（岡田健吾，左上）時任台東都蘭國小訓導，為教學方便，熟學阿美族語，與學生感情甚篤，
在宿舍與傭人（右一）及阿美族學生合影，此照勾勒出客家人與原住民的互動關係。

同學合影　台中　約1930年代　張正魁提供
Classmates Taichung 1930s Photo courtesy of Zhang Zhengkui
日本政府治理台灣時，為台灣的教育普及率打下良好的基礎，照片後排右三為張正魁的姑媽—張嫩，就讀台中女中的畢業照。

鼓笛樂隊合影　台中石岡　約1940年代　土牛國小提供
Fife and drum corps Shihgang, Taichung 1940s Photo courtesy of Tuniou Elementary School
小朋友手中所持的西式鼓與笛，迥然不同於傳統客家樂器，顯見日治時期已有西式的音樂教育。

土牛國小第33屆畢業合影　台中石岡　約1950年代　土牛國小提供
33rd Graduating Class of Tuniou Elementary School Shihgang, Taichung 1950s
Photo courtesy of Tuniou Elementary School
土牛國小第33屆畢業合影，小朋友在平常奔跑嬉耍的操場上，排列成「疊羅漢」隊形互道珍重再見。

學生於校園水溝合影　台中石岡　約1950年代　土牛國小提供
Students at the Campus Shihgang, Taichung 1950s Photo courtesy of Tuniou Elementary School
「土牛」是清廷政府用來當做漢番界線的大土堆，土堆旁有深溝稱為「土牛溝」，全台各地都有，用來區隔漢人跟原住民的活動範圍。
台中縣石岡鄉的土牛國小，校內西北側的涼亭內就有一座「民番地界碑」。

幼時回憶　台中新社東興國小　1948　盧雅玲提供
Memories of childhood Dongsing Elementary School, Sinshe, Taichung 1948 Photo courtesy of Lu Yaling
台中新社地區為客家人聚集的重鎮，圖為盧雅玲的先生劉發昇（前排右四）小學四年級時與老師及同學合影。

國民學校一年級學生出遊　台中東勢　約1950年　劉在坤提供
First graders set out on a trip Dongshih, Taichung 1950s Photo courtesy of Liu Zaikun
儘管1950年代的台灣社會風聲鶴唳，艷陽下，單純的細人仔依然排著整齊的隊伍快樂出遊。

民國三十九年度東勢第一國民學校秋季運動大會廣興上新兩里青年兒童部優勝留影
39.10.29

東勢第一國民學校秋季運動大會廣興上新兩里青年兒童部優勝留影　台中東勢　**1950**　劉在坤提供
Dongshih First Elementary School's Fall Games with Guangsing Village and Shangsin Village, Dongshih,
Taichung 1950 Photo courtesy of Liu Zaikun

國民政府接收台灣後，仍有不少日治時期的教育制度延續下來，「注重體育」即是其一。圖為運動會後廣興、上新兩里青年兒童部優勝留影。

台灣客家世紀印象展系列3

師生團體生活照　台中新社　1960　余德煙提供
Teacher and students Sinshe, Taichung 1960 Photo courtesy of Yu Deyin
學生時代的余德煙，與同學及老師朱瓊輝、劉國東，在學校隔壁的大樹下合影，留下人生珍貴的片刻。

福龜國小遠足　南投國姓北竹坑　1970年代　曾應鐘攝
Fuguei Elementary Students on a long hike Beijhukeng, Guosing, Nantou 1970s Taken by Zeng Yingzhong
「遠足」可是讓每個細人仔歡天喜地的大事，圖為福龜國小的李連樹（前）及鄭進來等老師，一起帶同學由柑仔林遠足至清德寺。

鐵線橋　台中東勢新粕橋　1956~1966　管奕盛提供
Wire cable bridge Sinke Bridge, Dongshih, Taichung 1956-1966 Photo courtesy of Guan Yisheng
東勢是講大埔腔客語的客家人主要的聚居地之一，其地名常用「粕」表示小山，是大埔語的特色。圖為學校舉行遠足，
回程時經過當時沙連溪上的新粕橋。

排隊上學　屏東竹田　1970　李秀雲攝
Lining up to go to school Jhutian, Pingtung 1970
Taken by Li Xiuyun
屏東竹田是六堆客家的主要聚居地之一，排隊上學，
是往昔小學生共同的溫馨回憶。

竹東私立貴族學校─上智國小學生上課　新竹竹東　**1969**　葉裁攝
Jhudong Private School Shangjhih Elementary School students in class Jhudong, Hsinchu 1969 Taken by Ye Cai
屬於北部客家的竹東，由於開發較早，繁榮的小鎮上因而有不少像這樣生活豐裕的小貴族。

翻山越嶺走回家　新竹竹東　1965　葉裁攝
Crossing mountains and ridges to go home Jhudong, Hsinchu 1965 Taken by Ye Cai
竹東多丘陵地形，課後翻山越嶺走回家是常有的事。圖為竹東小學的山坡路，學生大都結伴走這條路回到山背的家。

好高喔　苗栗市　1969　陳雲錦攝
So high Miaoli 1969 Taken by Chen Yunjin
四十年前參加運動會的一群學生，第一次看到滑翔機在天空盤旋，既驚奇又興奮。

三童問禮　新竹六家　1980　葉裁攝
Three students study manners Lioujia, Hsinchu 1980 Taken by Ye Cai
問禮堂建於清道光12年（1832）。當地望族林繩褒（秋華）在道光11年中鄉試武舉人，隔年因此擇地興建，豎立旗杆以光耀門楣，問禮堂也成為林氏家族的議事公廳。照片中三個孩童快樂地在嚴肅的家族議事公廳前玩耍，形成強烈對比。

金廣福　新竹北埔　1984　葉裁攝
Jinguangfu Beipu, Hsinchu 1984 Taken by Ye Cai
金廣福墾號由閩、粵兩個族群合股組成，而「金廣福公館」就是設立隘寮、派駐隘丁的指揮中心，也是招收墾佃及徵收隘租的行政中心，
門廳內有光緒10年所題「義聯枌社」古匾，為族群合作留下見證。這座建築物是台灣唯一倖存的一座公館，
由於其歷史意義與特殊性，被內政部指定為第一級古蹟。

伯公下　苗栗公館鶴岡　2002　涂秀蘭攝
Under the Bogong temple Trees Hegang, Gongguan, Miaoli 2002 Taken by Tu Xiulan
土地公是守護神，少見的茄冬樹齡510年、樟樹810年共生的大伯公樹，在地方上傳為奇談，
經常有耆老向細人仔解說老伯公（建於民國19年）歷史，是很好的文史教材。

古厝前合影　屏東五溝水　1994　許伯鑫攝
In front of an old residence Wugoushuei, Pingtung 1994 Taken by Xu Boxin
萬巒鄉五溝水的劉氏宗祠，最著名的家訓就刻畫在正堂門樓的兩側，「一等人忠臣孝子，兩件事讀書耕田」道出傳統客家族群忠孝傳家、晴耕雨讀的精神。照片中的孩童，年紀雖小卻還是要傳承這流傳了一百多年的家訓。

在「休閒」觀念若有似無的農業社會裡，客家人的勞動和休閒娛樂其實是互為表裡的，客諺「挨礱披波，打粄唱歌」，描述豐收或年節時把米碾製成各種粄類的繁冗勞動過程，一面勞動一面唱歌說笑，不知不覺融合了勞動的辛勞與生活的歡愉，耳濡目染的細人仔也因而從小成為協助勞動的生力軍。

你入園來佴摘菜

COME TO THE GARDEN
AND PICK THE VEGETABLES

賣麵的女孩　新竹內灣　1964　葉裁攝
Girl selling noodles Neiwan, Hsinchu 1964 Taken by Ye Cai
山城內灣因林業與煤礦興盛一時，內灣線鐵路全線在民國39年竣工，擔任山產與居民的運輸大動脈。火車靠站時，
小女孩提著木藍子向乘客兜售媽媽煮好的麵，貼補家用。

大人忙著工作孩童閒得無聊　新竹竹東　1964-1965　葉裁攝
Bored kids watch adults at work Jhudong, Hsinchu 1964-1965 Taken by Ye Cai
「避暑囉！」在鄉下，細人仔總是趁著漫漫假期想方設法到處地玩耍，母親們則任勞任怨地勞動，
一心希望細人仔不要亂跑。

牧童　高雄美濃　1991　黎漢龍攝
Cow herd Meinong, Kaohsiung 1991 Taken by Li Hanlong
農業尚未機械化之前，孩童放學回家，要幫忙餵牛、「掌牛」（客語看牛之意）。待耕作全面機械化之後，耕牛的功能消失了，
養牛的農家已經非常少，這項放學後的「家庭作業」已經沒人再寫了。

放學後第一樁事─放牛　高雄美濃　1962　劉安明攝

First after-school chore -- bringing the buffalo home Meinong, Kaohsiung 1962 Taken by Liu Anming

小兄弟放學後的第一件事，就是帶著家裡養的水牛去吃草，把牛餵飽。傳統農家對牛的感情很深，
有些客家地區甚至會在冬至餵牛吃湯圓，讓家裡養的耕牛跟家人一樣，吃湯圓準備過冬。

阿哥掌牛妹讀書　苗栗市　1960　邱德雲攝
A boy leads a buffalo as his sister reads Miaoli 1960 Taken by Qiu Deyun
兒童騎在牛背上放牛吃草，在早期的農村到處可見。令人懷念祥和、心暖的農村寫照。

趕小鴨　苗栗莒蕉灣　1968　謝其燠攝
Herding young ducklings Cyongjiaowan, Miaoli 1968 Taken by Xie Qijiong
穿和尚衫的細人仔，趕小鴨走在滑溜溜的石頭上，一孔一翹，好玩又逗趣。

農村之晨　高雄美濃　1962　劉安明攝
Morning in the village Meinong, Kaohsiung 1962 Taken by Liu Anming
一日之計在於晨；早年，客家庄裡的女眷，一天之始往往是從洗衣服開始，有些要趕著上學的女學生，
在洗完一家大小的衣服之後，才匆匆回家吃早飯上學去。

採菊花　苗栗銅鑼九湖　2002　賴錦瓊攝
Gathering Chrysanthemums Jiouhu, Tongluo, Miaoli 2002 Taken by Lai Jinqiong
杭菊，是苗栗縣銅鑼鄉最著名的特產，產量佔全台第一，銅鑼的九湖地區種杭菊已有30餘年歷史，每年11月是採收期，
短短三週要採摘完畢，全家大小都得出動。杭菊是藥用作物，有潤喉、消暑功效。

嗩吶樂團表演　苗栗　2006　黎漢龍攝
Suona band in concert Miaoli 2006 Taken by Li Hanlong
客家傳統音樂「八音」，早年在婚喪喜慶時經常可以看到八音團演奏，其中吹管樂器以嗩吶為主，近年來，
為了傳承技藝，有心人教小學生學習，並經常帶團外出表演。

戲班後台　屏東內埔　**1981**　梁正居攝
Behind the stage Neipu, Pingtung 1981 Taken by Liang Zhengju
客家大戲傳唱八十餘年，最早在戲院登台，後來改到野台討生活，野台演出的性質多半以酬神為主。
照片中安睡的孩童，他的爸爸今天要扮演三國歷史人物－曹操，正在一旁描畫臉譜。

台灣客家世紀印象展系列3

小朋友玩布袋戲　雲林西螺　1987　潘小俠攝
Kids try their hand at puppetry Siluo, Yunlin 1987 Taken by Pan Xiaoxia
雲林縣的崙背、二崙、西螺三鄉鎮，是清朝來自福建省漳州府講詔安腔客語的客家人，在台灣主要的聚居地，
而雲林素有台灣布袋戲故鄉的美名，因此當地也有不少詔安客籍的布袋戲名師，如廖文和、廖昭堂等。

餵豬兼顧小孩　屏東內埔　1967　李秀雲攝
Taking care of pigs and kids Neipu, Pingtung 1967
Taken by Li Xiuyun
當年輕的客家婦女下田農耕時，
年長的客家婦女就會分工照顧孫兒，
照片中的阿婆，右肩挑著餵豬的「汁桶」（客語餿水桶之意），
左手推著藤編的娃娃車，
同時餵豬兼顧小孩。

上市場去　高雄美濃　1980年代　梁正居攝
Off to the market Meinong, Kaohsiung 1980s Taken by Liang Zhengju
上市場買菜、買日用品，也是年長客家婦女的家務之一，因為她們多半掌管家用費。照片中的阿婆背著孫兒騎著腳踏車正要上市場去。

姊弟情深　苗栗公館　1966　邱德雲攝
Brother and sister work together Gongguan, Miaoli 1966 Taken by Qiu Deyun
兩姊弟早上挑山產到市集販賣，中午則將日用品帶回家，正午的艷陽毒辣的「烤」驗著他們！不過，姊弟倆一點也不以為意，
他們專心一意邁著步伐要趕回家去。

由於早年的墾耕生活需付出大量勞力也相當艱苦，所謂的嬉戲或遊樂往往是從勞動的間隙中，取材自然、自得其樂。舉凡爬樹、捉蟲、打小鳥、玩水、用竹枝做空氣槍、做陷阱捉竹雞、在放學或放牛途中嬉耍逗留…等等，所謂「窮人毋使多，兩斗米會唱歌」，客家細人仔的童年就是這麼地自然而富有創意。

兩斗米也愛唱歌
Always ready to sing

假日野遊　苗栗南庄　1978　李湞吉攝
Traveling on vacation Nanjhuang, Miaoli 1978 Taken by Li Chengji
冬日午後，大大小小的孩童排成一列，他們走過秋收後的稻田，要到河邊的沙埔地玩耍，在這裡，他們可以堆沙堡、
堵住河水抓魚蝦，盡情徜徉在大自然裡。

歸途　苗栗市　1966　邱德雲攝
Returning home Miaoli 1966 Taken by Qiu Deyun
一群放學後仍穿著制服的小學生，相約到附近的「河壩」（客語河流之意）去玩，天色向晚了，
他們結伴走在河床的石頭路上，輕快的唱歌回家。

滾輪比賽　苗栗頭屋　1966　邱德雲攝
Wheel spinning contest Touwu, Miaoli 1966 Taken by Qiu Deyun
早期生活清苦，物資缺乏，大部分人家買不起玩具，因此廢棄的輪胎就成為當時孩童最好的玩具之一。

釣蜗仔　高雄美濃　1950年代　高天相攝
Young fishermen Meinong, Kaohsiung 1950s Taken by Gao Tianxiang
50年代，小學生、國中生放學丟下書包的第一件事就是找蚯蚓、拿釣竿去水田、溪邊釣青蛙，釣到青蛙就能幫晚餐加菜，是當年美濃農村的最佳寫照。

拔河比賽　苗栗市　1970　陳雲錦攝
Tug of war Miaoli 1970 Taken by Chen Yunjin
男生女生分兩邊，胖子裁判和拖鞋在中間，黃狗當道作見證。

渴望　苗栗市　1972　羅漢章攝
Thirsty Miaoli 1972 Taken by Luo Hanzhang
廟會時賣糖葫蘆的小攤位，擺滿一串串紅紅的糖葫蘆，小孩子想吃糖葫蘆酸酸甜甜的滋味，渴望的表情，全寫在臉上。

廟會小攤 新竹北埔 1955 鄧南光攝
Peddler at Temple Festival Beipu, Hsinchu 1955 Taken by Deng Nanguang
演戲酬神時聚集的廟會，「大人看戲齣，細人看鬧熱」，各式各樣的小攤就是孩童們看熱鬧的地方。
照片中玩轉盤射鏢的孩子顯然已經上學了，而制服就是當年孩童最常見的外出服。

大家來看鬧熱　苗栗市　1965　邱德雲攝
Everybody having a good time Miaoli City 1965 Taken by Qiu Deyun
鄉下廟會遊行隊伍就要經過，細人仔先找個好位置，嬉鬧等待熱鬧的到來。

炕番薯　屏東新埤　1969　李秀雲攝
Baking sweet potatoes Sinpi, Pingtung 1969 Taken by Li Xiuyun
收成後的稻田，大人們把土翻起來曬乾，孩子們則把乾土堆成土窯來烤番薯。
照片中的孩童正趴在地上，噘嘴吹氣，要讓土窯裡的火苗燃燒起來。

稻草人　苗栗西湖　**1996**　黃志賢攝
Making a Scarecrow Sihu, Miaoli 1996 Taken by Huang Zhixian
農業時代紮稻草人，是為了驅趕想偷吃稻穀的小鳥，現在的稻草人，除了驅趕鳥類之外，還富有藝術或娛樂的目的，
孩童們爭著為稻草人做造形，千變萬化的創意，讓稻草人更加靈活了。

昔日農村孩子　苗栗南庄　1956　黃勝沐攝
Village kid from the old days Nanjhuang, Miaoli 1956 Taken by Huang Shengmu
照片中的孩童現在是一位醫生。早年農村孩童缺少健康飲食的概念，常患中醫稱為「府積」的毛病，
可能肚子有蛔蟲，但仍活潑好動，拍下肚子鼓鼓的樣子留念。

純樸天真的小孩　台東關山　1967　劉源利攝
A sweet, naive child Guanshan, Taitung 1967 Taken by Liu Yuanli
炎熱的夏天，鄉下一群純樸可愛的大小孩，逗弄一位沒穿衣服的小孩，看看他們臉上天真的笑容好開心。

兒時玩伴　苗栗銅鑼　**1964**　謝其熐攝

Childhood companions Tongluo, Miaoli 1964 Taken by Xie Qijiong

過年過節「轉妹家」（客語回娘家之意），孩童們跟表兄弟姊妹有吃又有得聊，再照一張相片留念，笑得更開心。

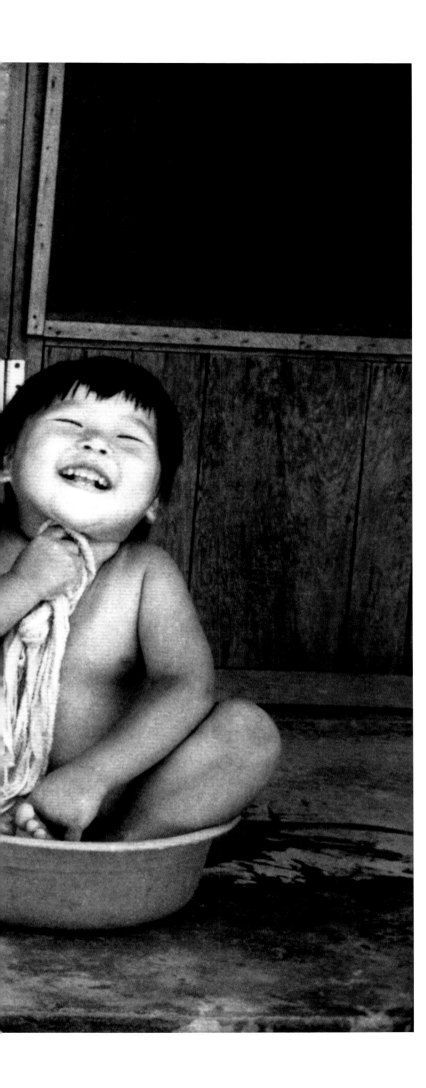

洗涼的細人仔　台東　1970年代　范遠郁提供
Cooling off on a hot day Taitung 1970s Photo courtesy of Fan Yuanyu
恁熱呢！來洗隻清涼的身吧！圖為在台東關山鐵路警察局宿舍門口洗涼的細人仔。

夏日　苗栗公館石圍牆　1970　謝其煚攝
Summer day Shihweiciang, Gongguan, Miaoli 1970 Taken by Xie Qijiong
公館鄉的石圍牆地區，是台灣唯一的紅棗產地，當地的水質跟土質適合紅棗生長。在大水圳搭起草棚，
大人來此洗衫褲，小孩來此打水仗，一個「洗衫坑」（客語洗衣池之意）有多重功用。

夏日裸童　苗栗南庄　1979　李湞吉攝
Stripped down in the hot sun Nanjhuang, Miaoli 1970 Taken by Li Chengji
烈日當中，山溝水潭，一群「赤」子，光溜著身子，噗通下水，嬉鬧不休…
「欸，拍張照吧！」「好啊！誰怕誰啊！」─這便是客家鄉間溪澗裡的清爽夏天！

笑震中港溪　苗栗南庄　**1960**　李湞吉攝
Burbling in the village brook Nanjhuang, Miaoli 1960 Taken by Li Chengji
夏日炎炎的中港溪畔，到處都是嬉耍玩水的村童，只要碰到清涼的溪水，他們就樂不可支地開懷大笑。

玩彈珠　南投國姓國小　1979　梁正居攝
Playing marbles Guosing Elementary School, Nantou 1979 Taken by Liang Zhengju
1979年兩岸情勢嚴峻肅殺，當時的蔣經國總統提出「不妥協、不接觸、不談判」的「三不」政策。
不過，孩子到底是孩子，照樣在學校司令台前玩彈珠，對於斗大的「毋忘在莒」標語，感受不深。

The Good Son
Does Not Need His Father's Land, and
the Good Daughter
Does Not Need Her Father's Dowry

A lot of Hakkas moved to Taipei in the north to seek a place to find their own space. These well-principled Hakka moving to the north to find their own way left their homes with little more in their pockets than bus fare, and some had nothing besides the address of someone they could contact in Taipei for help. Some carried little more than a graduate diploma from their school and a rolled-up mattress to sleep on. For a decade or more they eked out a living in Taipei, living entirely on their own and finally establishing their own families. They are living proof of the adage, "The Good Son Does Not Need His Father's Land, and the Good Daughter Does Not Need Her Father's Dowry"

好子毋須爺田地
好女毋須爺嫁衣

（註：爺／客語父母之意）

台北，是很多客家人北上打天下的新故鄉。這些懷抱理想來到大台北開展人生新版圖的客家鄉親，有人只帶著車錢當盤纏就隻身離家、有人只帶著親友在台北的住址就北上闖蕩，更有人是帶著學校的錄取通知單跟一床薄被，就在台北一待數十年，他們憑靠自己的毅力、知識與技藝，在大台北安家落戶、開枝散葉，證明「好子毋須爺田地，好女毋須爺嫁衣」。

台灣的客家建築跟大陸原鄉不盡相同，多半
已按照台灣的氣候與地形作過調整，但客家
建築裡謹守倫理秩序、注重風水地理、強調
防禦功能、樣式樸實簡潔的基本要素，還是
被保留下來了，例如淡水鄞山寺前的半月池，
就是客家建築注重風水地理的一種展現，而
新莊廣福宮裡的石柱沒有華麗裝飾，也可視
為客家建築樸實簡潔的代表之一，至於泰山
明志書院的正廳供奉朱熹與胡焯猷，作為祭
祀空間之用，就是講究倫理秩序的表徵。

明志書院　台北泰山　2008　許伯鑫攝
Mingjhih Academy Taishan,Taipei 2008 Taken by Xu Boxin
清乾隆28年（西元1763年）來自福建汀州府永定縣的客籍貢生胡焯猷，在泰山捐錢獻地興設義學，取名「明志書院」，
是為北台灣第一座書院。大約80年後，北台灣才有第二家書院，艋舺的學海書院，由此足見胡氏興學的歷史地位。
書院經多次重建修繕，目前正廳供奉朱熹與胡焯猷，並於每年教師節祭祀追念。

三山國王廟內　台北新莊　1974　梁正居攝
Sanshanguowang Temple Interior Sinjhuang, Taipei 1974 Taken by Liang Zhengju
主祀三山國王的廣福宮，歷史近230年，位於今日的新莊老街上，是新莊唯一的二級古蹟，由客家先民集資創建，當年客家先民能在最熱鬧的市街買地蓋廟，其社經地位可見一斑。

1991

2008

鄞山寺　台北淡水　1991　林柏樑攝
Yinshan Temple Danshuei, Taipei 1991 Taken by Lin Boliang
淡水鎮鄧公路旁的鄞山寺創建於清道光2年（西元1822年），
主祀福建汀州客家人的守護神－定光古佛，
原為汀州客屬來台後稍事棲身的會館。
定光二字的汀州客語發音近似福佬話的鄧公，
現在淡水鎮的鄧公路、鄧公里，實為定光的誤寫。

五兄妹　台北淡水海水浴場　1943　鄧南光攝
Five brothers and sisters Danshuei Beach,Taipei 1943 Taken by Deng Nanguang
鄧家五位小兄妹是北埔望族「新姜」之後，他們穿戴泳褲、連身泳衣及泳帽，
比起當時一般鄉下孩子打赤膊或內褲當泳褲的戲水衣物，講究多了。

祖孫三代出遊　台北福隆海水浴場　1958　溫送珍攝
Three generations on Fulong Beach, Taipei 1958 Taken by Wen Songzhen
趁著暑假，溫送珍的父親溫阿勝從老家苗栗南庄到台北看孫子，順便帶著孫兒、孫女
搭火車到福隆海水浴場，戲水消暑。

店員莊春光（左）當兵前留念　台北市南昌路　1954　溫送珍攝
Zhuang Chunguang（left）leaves the shop for military service Nanchang Rd., Taipei 1954 Taken by Wen Songzhen
從苗栗南庄隻身到台北打天下的溫送珍，20歲就在南昌路創立大源商號，這張照片是他幫即將入伍的店員舉辦歡送會，
當時年僅29歲的溫老闆已展現大器風範，對員工很照顧。

溫阿勝家族合影　台北市南昌路　1955　溫送珍攝
Wen Asheng with his family Nanchang Rd., Taipei 1955 Taken by Wen Songzhen
溫送珍是台北客家圈內的商界聞人，這張照片是他幫祖母羅運妹及父親溫阿勝、母親溫黃金妹，在自己開設的大源商號前拍的。
當年的南昌路大多是矮房子，大源商號是棟五層樓的大型百貨，相當顯眼。

騎腳踏車　台北市南昌路　1955　溫送珍攝
Three in a bike with sidecar Nanchang Rd., Taipei 1955 Taken by Wen Songzhen
照片中小女生騎的腳踏車側邊還有加掛一個座位，款式跟二戰時期的軍用機車很像，
這在當時可是很時髦又很昂貴的玩具。

劉家騰家族合影　台北市南昌路　1956　溫送珍攝
Family of Liu Jiateng Nanchang Rd., Taipei 1956 Taken by Wen Songzhen
民國40、50年代到台北創業的客家人，靠著親友同鄉口耳相傳，有一部分在南昌路上聚居開店，彼此互相照應，
數十家由客家鄉親開設的店鋪，讓南昌路稱得上是客家一條街。

三個小孩在運動　台北市南昌路　1956　溫送珍攝
Three kids working out Nanchang Rd., Taipei 1956 Taken by Wen Songzhen
三個小男生高舉啞鈴練臂力，兩個小女生在旁觀看，她們對這種強身健體的方法，似乎不感興趣。

與日本同事合影　台北市　1935-1945　黃雲興提供
Posing with Japanese colleague, Taipei 1935-1945 Photo courtesy of Huang Yunxing
照片左一為黃雲興，這是他在東洋汽車講習所工作時，與日本籍同事的合影，
黃是所內唯一的台籍講師，主要工作是教學員駕駛技術。

郊外踏青　台北木柵　1956　黃雲興提供
Traveling in the countryside Mujha, Taipei 1956 Photo courtesy of Huang Yunxing
黃雲興駕駛鐵路局公務車輛攝於指南宮，曾經開過貨運行的黃雲興，創業失敗後，
到台灣鐵路管理局材料處的松山材料廠當貨運司機，一做就是29年。
這張照片是他開著公務車到木柵指南宮參加自強活動偕同事郊遊時的留影。

住客們合影　台北市南昌路　1963　黃雲興提供
Host and guests Nanchang Rd., Taipei 1963 Photo courtesy of Huang Yunxing
對於離鄉背井的客家鄉親，本著人不親土親的情誼，經常會提供自家房間給剛上台北的同鄉暫住，或便宜的出租給他們，
讓他們可以有個安身之處，先穩定下來。

黃雲興家族合影　台北市南昌路　1972　黃雲興提供
Huang Yunxing with his family Nanchang Rd., Taipei 1972 Photo courtesy of Huang Yunxing
黃雲興北上打拚時，身上只帶著堂兄黃鼎生給他的五塊錢日幣，先是當修車工，後來到東洋汽車講習所當助手，三年後考上講師，
教學生駕駛。台灣光復後，黃雲興憑藉著專業與人脈開過汽車修護廠、貨運行。

七姊妹 台北通化街 1962 羅德祥提供
Seven sisters Tonghua St., Taipei 1962 Photo courtesy of Luo Dexiang
客家鄉親在台北市南區有兩個聚居區塊，一個在南昌路附近，另一個就在通化街附近。
羅德祥在日治時期讀過農業專修學校，曾被派駐南洋教菲律賓人種稻，返台後，因家鄉無田地，遂到台北打天下，
其後存錢在通化街買地蓋屋，安家落戶。

羅德祥家族合影　台北通化街　1969　羅德祥提供
Family Photo Tonghua St., Taipei 1969 Photo courtesy of Luo Dexiang
羅德祥與妻子陳大妹結婚後，總共生育了八女二子，長女、次女與幼子的年紀差距頗大。

張心淵家族合影　台北　1946　張心淵提供

Zhang Xinyuan with his family Taipei 1946 Photo courtesy of Zhang Xinyuan

民國35年，台灣剛剛光復，新婚不久的年輕夫妻帶著剛滿周歲的孩子，為小家庭的發展新頁，留下一張別具意義的紀念照。

松山磚廠煙囪照明工事完竣記念
1952.12.21.

松山磚廠煙囪照明工事完竣留念　台北松山　1952　范發芳提供
Completion of lighting at Songshan brick kiln, Songshan, Taipei 1952 Photo courtesy of Fan Fafang
出生於苗栗縣頭屋鄉的范發芳，從台南工專（成功大學前身）畢業後的第一份工作，是到台北的士林電機服務，
這張相片是他和同事完成松山磚廠的照明工程後，留下的紀念照。

范發芳家族　台北南港台肥二村　1957　范發芳提供
Fan Fafang and his family Taiwan Fertilizer 2nd Village, Nangang, Taipei 1957 Photo courtesy of Fan Fafang
范發芳曾東渡日本唸中學，台灣光復後返台考取台南工專（成功大學前身），畢業後到台肥工作，
這張照片就是在台肥六廠的員工宿舍前拍的。

范發芳夫婦與愛車山口牌90cc摩托車合影　台北　1965　范發芳提供
Fan Fafang and his wife with their 90cc YAMAGUCHI motor bike, Taipei 1965 Photo courtesy of Fan Fafang
YAMAGUCHI山口牌機車在40、50年代的台灣很風行，當時買得起機車的大多是高所得人士，
像照片中的范發芳先生就是事業有成的電機行老闆。

騎哈雷機車回新屋鄉下　台北　1955　李榮堂提供
Riding a Harley back to the Sinwu countryside Taipei 1955 Photo courtesy of Li Rongtang
北上闖天下賺了錢之後，騎哈雷機車載妻兒回家鄉，頗有衣錦榮歸的味道，這輛由美國進口的哈雷機車售價昂貴，
幾乎可以媲美今日的雙B轎車。

瑞芳高工職校校友會籌備委員會　台北瑞芳　1957　胡鴻雀提供
Planning Committee for Rueifang Technical School Rueifang, Taipei 1957 Photo courtesy of Hu Hongque
胡鴻雀曾留學日本研讀土木，並曾任職於東京市政府，台灣光復後到台北市政府工務局服務，
對都市新建工程的實務操作與人才培訓，貢獻良多，最後以新工處副處長職務退休。

台灣客家世紀印象展系列3

劉榮標家族合影　台北市　1966　劉菊野提供
Liu Rongbiao Family Portrait, Taipei 1966 Photo courtesy of Liu Juye
（我的客家記憶網路影像徵稿活動入選作品）
劉榮標教授是台灣大學畜牧獸醫系首位系主任；1914年，他出生於苗栗縣公館鄉，14歲就負笈日本，從麻布獸醫學校一路直攻東京高等獸醫學校，畢業後在日本免疫學之父創立的「北里研究所」工作十多年，台灣光復後返台任職。這張照片是劉榮標偕妻兒在家合影。

造林台車　台北新店龜山吊橋　1959　溫送珍攝
Timber workers on a cart Gueishan suspension bridge, Sindian, Taipei 1959 Taken by Wen Songzhen
龜山吊橋與知名的碧潭吊橋約為同年代興建，因此形式結構相似，當初為了方便龜山發電廠運送機組設備而建的吊橋。
在民國79年拆除改建成鋼筋混凝土橋，名為「萬年新橋」。

兄弟齊力　台北瑞芳三貂嶺　約1960年代　張力云提供
Brothers on the job Sandiao Mountain, Rueifang, Taipei 1960s Photo courtesy of Zhang Liyun
來自苗栗的張家表兄弟（左為張振和，右為張振豐），舉家遷移至瑞芳山區開墾，本想種植香茅賺錢，
但因瑞芳多雨不適香茅的生長，種植8、9年後宣告放棄，舉家回苗栗。

姊妹同心　台北瑞芳三貂嶺　約**1960年代**　張力云提供
Sisters working together Sandiao Mountain, Rueifang, Taipei 1960s Photo courtesy of Zhang Liyun
客家女性始終是刻苦耐勞的代表，姊妹倆（左為張力云，右為張日妹）戴起斗笠、荷起鋤頭，一同為墾植而努力。

義民節　台北市大安森林公園　**1991**　林柏樑攝
Yimin Festival Da-an Forest Park, Taipei 1991 Taken by Lin Boliang
1988年，新埔褒忠義民廟建廟200周年，旅居台北市的義民爺信眾倡議舉辦台北市義民節，
由中原客家崇正會主辦，此後每年不間斷。
1991年台北市義民節選在客家人口頗多的大安區舉辦，地點是當時還在施工的大安森林公園內，
圖為新店鑼鼓陣前來助陣，大人帶領青少年擊鼓頗具傳承之意。

台北市義民祭　台北市　1998　黃瑞嬌提供
Yimin Festival in Taipei, Taipei 1998 Photo courtesy of Huang Ruijiao
農曆七月二十日是義民節，到大台北都會區謀生的信徒會提前到新竹縣新埔鎮的祖廟－枋寮褒忠義民廟，
恭請義民爺上台北，接受異鄉遊子的膜拜。

台北市義民祭　台北市　**2000**　黃瑞嬌提供
Yimin Festival in Taipei, Taipei 2000 Photo courtesy of Huang Ruijiao
台北市義民祭原本由客家社團舉辦，以追思義民精神並聯絡鄉誼。民國89年改由官方主辦、民間協辦，
活動內涵也擴大為「客家文化節」。

成立大會致敬唁文　台北市　1974　世界客屬總會提供

Anniversary Celebration, Taipei 1974 Photo courtesy of the World Hakka Federation

1971年香港崇正總會創立50周年，慶祝會上有人倡議成立世界客屬總會，時因香港為英國殖民地、中國尚未開放，
遂於1973年在台北成立，隔年向政府完成註冊登記，推動全球客屬團結聯絡的工作。

還我母語運動大遊行　台北市　1988　邱萬興攝
"Give Us Back Our Mother Tongue' Parade Taipei 1988 Taken by Qiu Wanxing
（我的客家記憶網路影像徵稿活動入選作品）
「還我母語」大遊行是台灣客家運動的濫觴，而向來被視為客家人的國父孫中山，也就順理成章的擔任名譽總領隊，連國父都不能說他的母語-客家話，硬是被當時的語言政策蒙上口罩，這張招牌是大遊行隊伍中最令人注目的一景。

還我母語運動大遊行　台北市　**1988**　許伯鑫攝
'Give Us Back Our Mother Tongue' Parade Taipei 1988 Taken by Xu Boxin
1988年12月28日，「還我母語」大遊行於台北市盛大舉行，參與的人數達六千餘人，是近代客家運動的第一波。

國家圖書館出版品預行編目資料

愛嗷愛笑　鴨嫲打孔翹 / 李秀雲等攝影；林小雲，

陳美禎中文撰稿. --初版-- 臺北市：客委會，2008.12

面　　　公分 --

（臺灣客家世紀印象展系列：3）

ISBN 978-986-01-7286-7（精裝）

1.客家　2.攝影集

536.211　　　　　　　　　　　　　97025370

Published by Council for Hakka Affairs, the Executive Yuan

8F., No.3, Songren Rd., Sinyi District, Taipei City 110, Taiwan (R.O.C.)

Tel: 886-2-87894567

Website: http://www.hakka.gov.tw

Project Executed by Taiwan Shui Art Groupp

Fl.11-8, No.70, Sec. 2, Roosevelt Rd., Da-an District, Taipei City 106, Taiwan (R.O.C.)

Tel: 886-2-23560222

Printed by Yingjyun Color Printing Co., Ltd.

Publisher: Huang Yuzhen

Chief Producers: Zhong Wanmei, Xu Kunmao

General Advisors: Chen Yundong, Xie Qijiong, Qiu Yangui

Editorial Board: Chen Meifeng, Cai Mingyin, Liao Yupei, Liao Meiling, Huang Luwan, Xu Fangzh

Planning Executive: Zeng Wenbang

Visual Design Coordination: Lin Boliang

Chinese Text Writers: Lin Xiaoyun, Chen Meizhen

Chinese Text Review: Chen Yundong, Xie Qijiong, Qiu Yangui

English Translation: Ke Kangyi

English Translation Review: Lin Boyan

Art Design: Sh Chaoxu

Photographers: Li Xiuyun, Li Chengji, Lin Boliang, Qiu Wanxing, Qiu Deyun, Fan Huairong, Gao Tianxiang, Tu Xiulan, Liang Zhengju, Xu Boxin, Chen Yunjin, Huang Mujing, Huang Zhixian, Huang Shengmu, Zeng Yingzhong, Ye Cai, Wen Songzhen, Liu Anming, Liu Yuanli, Pan Xiaoxia, Deng Nanguang, Li Hanlong, Lai Jinqiong, Xie Qijiong, Luo Hanzhang

Photos Courtesy of: Tuniou Elementary School, The World Hakka Federation, Li Rongtang, Yu Deyin, Qiu Mingyan, Fan Zhencheng, Fan Yuanyu, Fan Fafang, Zhang Liyun, Zhang Xinyuan, Zhang Zhengkui, Hu Hongque, Chen Zhengxiong, Huang Shixin, Huang Mujing, Huang Yunxing, Huang Ruijiao, Ye Cai, Guan Yisheng, Liu Zaikun, Liu Juye, Lu Yaling, Luo Dexiang

1st Printing December 2008

Copyright Protected

愛嗷愛笑　鴨嫲打孔翹
BETWEEN LAUGHTER AND TEARS：BABY DUCK DANCE

台灣客家世紀印象展—系列3

Taiwan Hakka Photography Exhibition Series No.3

出　版　者◎行政院客家委員會

地　　　址◎臺北市110松仁路3號8樓

電　　　話◎02-87894567

網　　　址◎http://www.hakka.gov.tw

執行單位◎台灣水企劃整合有限公司

　　　　　臺北市羅斯福路2段70號11樓之8

電　　　話◎02-23560222

印　　　刷◎映鈞彩色印刷有限公司

發　行　人◎黃玉振

總　策　劃◎鍾萬梅・許坤茂

總　顧　問◎陳運棟・謝其勛・邱彥貴

編輯策劃◎陳美鳳・蔡明吟・廖育珮・廖美玲・黃綠琬・徐芳智

策劃執行◎曾文邦

視覺統籌◎林柏樑

中文撰稿◎林小雲・陳美禎

中文審稿◎陳運棟・謝其勛・邱彥貴

英文翻譯◎柯康儀

英文審稿◎林柏燕

美術設計◎石朝旭

攝　　　影◎李秀雲・李湞吉・林柏樑・邱萬興・邱德雲・范淮榮・高天相・涂秀蘭・梁正居・許伯鑫・陳雲錦・黃木井・黃志賢・黃勝沐・曾應鐘・葉　裁・溫送珍・劉安明・劉源利・潘小俠・鄧南光・黎漢龍・賴錦瓊・謝其勛・羅漢章（依姓氏筆畫順序排列）

影像提供◎土牛國小・世界客屬總會・李榮堂・余德埋・邱明彥・范振城・范遠郁・范發芳・張力云・張心淵・張正魁・胡鴻雀・陳正雄・黃士欣・黃木井・黃雲興・黃瑞嬌・葉　裁・管奕盛・劉在坤・劉菊野・盧雅玲・羅德祥（依姓氏筆畫順序排列）

ISBN:978-986-01-7286-7

GPN:1009704247

2008年12月初版

版權所有　翻印必究

定價：680元